FANTÔME
D'UN SOIR

D1347623

Antoine

Dans la collection

MA PETITE VACHE A MAL AUX PATTES

FANTÔME
D'UN SOIR

un roman de Henriette Major

illustré par Philippe Germain

SOULIÈRES ÉDITEUR

case postale 36563 — 598, rue Victoria,
Saint-Lambert, Québec J4P 3S8

Soulières éditeur remercie le Conseil des Arts du
Canada et la SODEC de l'aide accordée à son
programme de publication.

Le Conseil des Arts | The Canada Council
du Canada | for the Arts
depuis 1957 | since 1957

Dépôt légal: 1998
Bibliothèque nationale du Canada
Bibliothèque nationale du Québec

Données de catalogage avant publication (Canada)

Major, Henriette

    Fantôme d'un soir
    (Collection Ma petite vache a mal aux pattes; 9)
    Pour les jeunes de 6 à 9 ans.

    ISBN 2-922225-16-X

    I.   Germain, Philippe, 1963- . II. Titre. III.
Collection.

PS8576.A52A87 1998   jC843' .54   C98-940269-X
PS8576.A52A87 1998
PZ23.M34At 1998

Conception graphique de la couverture:
Andréa Joseph
Annie Pencrec'h

Logo de la collection:
Cathy Mouis

*À Marion,
la plus merveilleuse
des petites-filles.*

De la même auteure

Henriette Major a publié plus d'une centaine de livres pour la jeunesse. Elle a également écrit pour les adultes et collaboré à des manuels scolaires pour l'enseignement du français au primaire. Henriette Major a aussi écrit deux pièces de théâtre qui parcourent le monde avec le Théâtre Sans Fil: *Jeux de rêves* et *La couronne du destin*.

Parmi ses ouvrages les plus récents, mentionnons:

Aux éditions Héritage

Les secrets de Sophie

Sophie et le supergarçon

Antoine, Sophie et le robot

Sophie et la fille du pirate

Aux éditions Pierre Tisseyre

Moi, mon père

Moi, ma mère

1

Le 30 octobre, sur le chemin de l'école

Ce matin, pour me rendre à l'école, je fais un détour par la rue Saint-Laurent. Je veux regarder de nouveau les vitrines pleines de masques et de costumes pour l'Halloween. Peut-être qu'à force de les contempler, j'arriverai à choisir enfin mon déguisement.

«C'est demain l'Halloween,

me dis-je dans ma tête. Élodie, il faut que tu te décides...» Mais depuis des jours, j'hésite, comme toujours.

Pourtant, j'aime bien me déguiser; quand on est déguisée, personne ne sait qui on est et on n'est pas obligée de répondre aux questions des autres. Et moi, je n'ai jamais envie de répondre aux questions des autres, parce que je suis timide.

Mais il y a tant de déguisements possibles : les monstres, les sorcières et même les déguisements gentils : princesses, bergères, chats, chiens... Dans le coin d'une vitrine, j'aperçois une sorte de combinaison noire sur laquelle un squelette peint en blanc est surmonté d'une cagoule avec une tête de mort dessus.

«Voilà ce qu'il me faut! Personne ne s'attendra à ce qu'un squelette fasse la conversation. Je vais demander de l'argent à mes parents pour acheter ce costume.»

Quel soulagement de m'être enfin décidée!

Dans la cour de l'école, j'aperçois mon groupe d'amis près de la porte d'entrée. Je cours vers eux, mais comme ils sont en grande discussion, je reste un peu à l'écart. Je n'aime pas déranger les gens. Je peux quand même suivre leur conversation.

— Moi, je vais me déguiser en extraterrestre, dit Julie, mais en extraterrestre méchante, comme la reine Alpha dans la série «Galaxie.»

— Moi, je serai un monstre, un monstre affreux et dégoûtant avec la peau verte et des pustules rouges un peu partout, poursuit Simon en faisant une horrible grimace pour illustrer son propos.

— Moi, je serai une sorcière, affirme Nadia. Et vous ne savez pas? Ma tante, celle qui est maquilleuse à la télévision, elle va me faire un vrai maquillage comme dans les films!

— Moi, je me déguise en Dracula, conclut Philippe. J'ai déjà ma cape, mon chapeau haut de forme et mes dents de vampire. J'ai l'intention de mordre tout le monde!

— Merci de nous prévenir, dit Nadia.

Se tournant enfin vers moi, elle me demande :

— Et toi, Élodie, en quoi vas-tu te déguiser?

J'aurais dû prévoir sa question, car Nadia essaie toujours de m'inclure dans le groupe. Seulement, je suis prise au dépourvu. Je me mets à balbutier :

— Heu... heu... j'ai pensé à... mais je ne sais pas si...

Moqueur, Philippe répète :

— Heu... heu... je ne sais pas si... Laisse-la donc, Nadia; tu sais bien qu'Élodie ne sait jamais ce qu'elle veut.

Les autres, sauf Nadia, se mettent à chantonner.

— Élodie, l'étourdie... Élodie, l'étourdie...

Ah! que je déteste mon prénom! Pourquoi mes parents ne m'ont-ils pas appelée Catherine, ou Ariane, ou Mélissa au lieu de me donner le nom de mon arrière-grand-mère?

Nadia veut intervenir quand la cloche vient mettre fin aux bavardages. Tête basse, je suis les autres en me demandant :

«Pourquoi n'ai-je pas répondu à la question de Nadia?

Je sais pourtant en quoi je veux me déguiser, même si mon costume n'est pas encore acheté. C'est toujours pareil : quand j'essaie de dire des choses intelligentes, on dirait que les mots se bousculent dans ma gorge et qu'ils n'arrivent pas à en sortir...»

2

Le 30 octobre,
à la maison

En rentrant chez moi, après l'école, j'avais hâte d'annoncer ma décision, car mes parents me questionnaient depuis une semaine à propos du choix de mon costume. Par-dessus le ronron de sa machine à coudre, ma mère me crie :

— C'est toi, Élodie? Viens ici, j'ai une surprise pour toi.

— Oui, maman!

«Elle a encore trouvé le moyen de me tailler une jupe dans un reste de tissu fourni par une de ses clientes», ai-je pensé. L'ennui, c'est que ses clientes, des dames âgées, choisissent surtout des couleurs sombres comme le brun et le bleu marine.

Ma mère semble ignorer que la plupart des filles de mon âge portent des jeans et des tee-shirts. Elle m'habille comme elle quand elle était petite. Et ça, ça fait longtemps, vu que ma mère m'a eue lorsqu'elle était déjà vieille. D'ailleurs, tout est vieux chez nous : la maison, les meubles, les tableaux, et même les gens.

Quand je rentre dans l'atelier, elle me dit :

— Ferme les yeux... Bon, tu peux les ouvrir.

Catastrophe! Elle exhibe fièrement une robe en satin jaune avec de la dentelle au col et aux manches.

— Comme tu n'arrivais pas à te décider, je t'ai fabriqué une robe de marquise. Tu seras mignonne comme tout! Es-tu contente?

Je réussis à grimacer un sourire. Elle s'était donné tant de mal! Plus question de demander de l'argent pour le costume de squelette : le satin de la robe avait sûrement épuisé ses économies.

— Va l'essayer, suggère-t-elle en me donnant la robe.

Bien sûr, elle me va comme un gant, même en tenant compte du gros chandail qu'il me faudra porter dessous en cette fraîche soirée d'automne. Je n'aurai aucune excuse pour ne pas la porter. En me regardant dans le miroir, j'essaie de m'imaginer en satin jaune à côté d'un monstre et d'une sorcière; encore une fois, je serai la cible de leurs moqueries...

Non! pas cette fois! Je viens d'avoir une idée : je vais me déguiser en fantôme! Comme ça, je pourrai sortir de la maison en marquise pour faire plaisir à ma mère, quitte à passer mon autre costume, un simple drap blanc, par-dessus le premier.

Un fantôme! Génial! Les fantômes sont presque tout le temps invisibles et ils vont où ils veulent, quand ils veulent. Et puis, ils n'ont pas besoin de parler, ils n'ont qu'à faire «hou... hou...».

Je me dirige vers la cuisine, car les émotions m'ont donné faim.

J'y trouve mon père penché sur ses paperasses éparpillées sur la table. Quant aux chaises, elles sont occupées par des piles de dictionnaires. Ancien comptable à la retraite, mon père est devenu un adepte des mots croisés. Il passe ses journées à remplir des petits carreaux dans les diverses publications auxquelles il est abonné.

— Papa, j'aurais besoin d'aide pour mon devoir de maths, dis-je en l'embrassant sur la joue.

— Pas maintenant, mon poussin, répond-il d'un air distrait. Il me reste une dizaine de mots à trouver...

Ah! il m'énerve avec ses mots croisés! On dirait que c'est plus important que tout, plus important que moi!

Après avoir bu un verre de lait, je réfléchis à mon costume de fantôme. Je sais que je ne trouverai pas de drap blanc dans la lingerie vu que nos draps sont tous à fleurs.

Je vais donc à la cave fouiller dans un coffre où ma mère range de vieux vêtements. Là, je déniche une grande nappe blanche tachée de rouille que ma mère garde parce qu'elle a été brodée par Élodie, mon arrière-

grand-mère. Celle à qui je ressemble tant d'après sa photo dans l'album de famille. Il paraît que cette aïeule était un peu sorcière...

Il faudra que je découpe des trous dans la nappe pour les yeux, mais on pourra toujours accuser les souris. Je l'apporte dans ma chambre et je la cache sous mes couvertures.

Le soir de l'Halloween, dans la rue

Le soir de l'Halloween, je quitte la maison vêtue de ma jolie robe de satin. Ma mère m'a frisé les cheveux et mis du rouge à lèvres. J'ai plié la nappe de mon arrière-grand-mère au fond du sac en plastique destiné à recevoir les friandises qu'on va m'offrir. Je dis à mes parents :

— Je vais rejoindre ma bande d'amis.

— J'allais te le recommander, déclare mon père, c'est plus prudent de circuler en groupe.

Sitôt hors de vue, je me faufile derrière une haie pour revêtir mon costume de fantôme. C'est alors que, à travers les branches, je vois venir une extraterrestre, un monstre, un vampire et une sorcière. À leur voix, je reconnais mes amis. Je m'empresse d'ajuster mon costume de fantôme en me disant : «Je vais leur faire une surprise.» Je constate alors qu'on parle de moi. Je tends l'oreille.

— Ce n'est pas bien, dit la sorcière, nous avions promis d'aller chercher Élodie.

— Pas question, répond le monstre. Je parie qu'elle n'est même pas encore déguisée.

— Elle aura encore un affreux costume tout mignon qui n'ira pas du tout avec les nôtres, ajoute l'extraterrestre.

— Fauvons-nous avant qu'Élodie l'étourdie puiffe nous revoindre! s'écrie Dracula, gêné par ses dents de vampire.

Derrière ma haie, je me sens à la fois peinée et en colère. Je souhaite de tout mon cœur : «Ah! si seulement j'étais un vrai fantôme, je pourrais leur faire vraiment peur, pour une fois!»

Tout à coup, comme par magie, je me sens légère, très très légère. On dirait que je n'ai plus de jambes. Je m'élève, je flotte comme... comme un vrai fantôme! Je me retrouve dans les airs, derrière mon groupe d'amis, juste un peu au-dessus d'eux. C'est sûrement l'influence de mon arrière-grand-mère Élodie. Je crois que je suis devenue transparente, car personne ne semble s'apercevoir de ma présence. Je veux leur crier :

— MAINTENANT, VOUS ALLEZ VOIR CE DONT ÉLODIE EST CAPABLE!

Mais tout ce qui sort de ma bouche, c'est un son bizarre : «hou... hou...»

Alors je souffle sur le chapeau haut de forme du vampire qui va rouler dans la rue.

— Hé! s'écrie Dracula en se mettant à courir.

— C'est drôle, dit Nadia la sorcière, ton chapeau s'est envolé, mais moi, je n'ai pas senti le vent...

Si Philippe s'étale dans une flaque de boue en ramassant son chapeau, je n'ai rien à y voir car, pendant ce temps, je suis occupée à secouer les antennes de l'extraterrestre. Comme elle essaie de les rajuster, j'enlève le masque du monstre et je le jette dans une poubelle. Profitant du moment où il y plonge pour le récupérer, je transfère le contenu de son sac de friandises dans celui de Nadia, la seule qui me défend toujours.

Je ne me suis jamais autant amusée!

D'un grand souffle, j'arrache l'ouvrage de leurs mains. Ensemble, ils secouent la tête : on dirait qu'ils sortent d'un profond sommeil. Mon père se lève et s'approche du fauteuil de ma mère. Ils se regardent en souriant et ils s'embrassent. Et moi, ai tout chaud à mon cœur de ntôme. Je veux leur dire comen je les aime, mais tout ce que rive à produire, c'est un doux u... hou...».

lors, on frappe à la porte. parents vont ouvrir. Sur le n, il y a une extraterrestre antennes froissées, un tre au masque déchiré, un ire au chapeau cabossé et orcière toute souriante. ûr, je reconnais ma bande . Mes parents aussi les aissent.

4

Le soir de l'Halloween, à la maison

Tout en flottant au-dessus des groupes d'enfants qui défilent dans la rue, je me retrouve juste devant ma maison. Dans la fenêtre, la citrouille que j'ai découpée la veille me sourit de son sourire édenté.

Sans presque m'en rendre compte, je voltige vers l'entrée.

Je vais frapper à la porte quand, ô merveille, je passe au travers! Comme je suis un fantôme, les murs ne sont plus pour moi des obstacles! Je souhaite me retrouver dans l'atelier de ma mère. Là, je souffle très fort sur la pile de restes de tissus aux couleurs sombres : ils s'envolent par la fenêtre ouverte comme de grands oiseaux tristes.

Ensuite, je passe à la cuisine où je fais subir le même sort aux recueils de mots croisés.

Puis, je vais retrouver mes parents au salon; ma mère termine l'ourlet d'une jupe noire, tandis que mon père peine encore sur un problème particulièrement difficile. Comme d'habitude, ils ne se parlent pas. Chacun est plongé dans son monde particulier.

— Oh! mais ce vampire, c'est le beau Philippe! Et c'est la petite Nadia sous ce superbe maquillage...

— Les deux autres sont sûrement Julie et Simon. Bienvenue aux amis d'Élodie!

— Mais comment se fait-il qu'Élodie ne soit pas avec vous? demande ma mère en étirant le cou pour voir s'il n'y a pas une marquise en jaune quelque part derrière eux.

Cette fois, ce sont mes amis qui se mettent à bafouiller.

— Heu... heu...

— C'est que, voyez-vous...

— C'est à cause de...

— Élodie, nous l'afons perdue en femin, affirme Philippe en rajustant ses dents de vampire.

— Oh! s'écrie ma mère tout inquiète, j'espère qu'il ne lui est rien arrivé...

«Ah! non! je ne vais pas laisser Philippe s'en tirer avec un mensonge!»

Mes parents ont placé un panier de pommes sur une table pour en donner aux quémandeurs. Je pousse le panier et toutes les pommes se déversent sur la tête de Philippe. En se précipitant pour les ramasser, Julie et Simon se heurtent et tombent à la renverse. Nadia murmure :

— Ah! depuis que nous sommes partis tous les quatre, il ne nous arrive que des mésaventures. C'est peut-être notre punition pour avoir abandonné Élodie à elle-même...

— Quoi! s'est écrié mon père, vous avez laissé Élodie toute seule?

Penauds, mes quatre amis baissent la tête.

— Venez, dit ma mère en attrapant un chandail. Nous allons tous la chercher.

5

À la recherche
d'Élodie

Mes parents et ma bande d'amis s'entendent pour sillonner les rues du quartier à la recherche d'une marquise en robe jaune.

Je voudrais leur dire : «Ne vous en faites pas, je suis là!» Mais tout ce que j'arrive à sortir de ma bouche de fantôme, c'est un faible «hou...

hou...» dont personne ne s'occupe.

De mon perchoir, sur la rampe du balcon, je les vois arrêter les groupes d'enfants costumés pour les interroger. C'est alors que je commence à m'inquiéter.

«Vais-je rester fantôme pour toujours?» J'ai très envie de redevenir l'Élodie que j'étais avant ma transformation.

J'entre dans la maison et je tente d'enlever mon costume, mais il semble me coller à la peau.

«Comment faire? Je ne veux pas passer le reste de ma vie en fantôme! J'ai besoin de toucher, de parler, de communiquer avec les gens...»

«Pour cela, tu dois faire les premiers pas, Élodie», me dit une voix lointaine. Cette voix, c'est sans doute celle de mon arrière-grand-mère, celle à qui appartenait la nappe dont je suis revêtue.

Dans ma tête, je prends alors la résolution d'être plus ouverte envers les autres. Aussitôt, je sens mon costume de fantôme se détacher de moi, comme par magie.

Je sens que je reprends ma forme normale. Tout en pliant la nappe, je murmure : «Merci, grand-maman Élodie. Je suis sûre que c'est toi qui m'as permis de réaliser mon vœu. C'est donc vrai que tu étais un peu sorcière... D'ailleurs, sur ta photo, tu as des yeux bien malicieux....»

Redevenue marquise, j'attrape un sac en plastique et je sors. Je frappe à quelques portes du voisinage. Comme la fête s'achève, on me donne souvent tout ce qui reste dans les paniers, de telle sorte que mon sac est vite rempli.

Comme je vais rentrer à la maison, j'aperçois mes amis qui tournent le coin de la rue en traînant les pieds. En m'apercevant, ils courent vers moi.

— Hé! c'est elle! C'est Élodie!

— Élodie, on t'a cherchée partout!

— Où étais-tu?

— Moi? dis-je d'un air innocent, je faisais ma tournée d'Halloween comme tout le monde. Regardez, mon sac est plein.

— Mais... on croyait que...

— Tu avais dit que tu voulais passer aux portes avec nous...

— Oh! j'ai changé d'idée. Cette année, j'ai décidé de passer toute seule.

— Tu as décidé?

— Toute seule?

— Eh ben, ça alors!

À ce moment-là, mes parents arrivent à leur tour.

— Ah! Élodie! Enfin!

— Tu vas bien? Il ne t'est rien arrivé?

Je me mets à rire.

— Oh! il m'est arrivé plein de choses! C'est la plus belle fête d'Halloween de toute ma vie!

— Bon! tu as l'air bien en forme. Bravo! conclut ma mère. Il commence à faire frais. Je vous invite tous à la maison. Je vous ferai du chocolat chaud.

Je n'ai encore jamais osé inviter mes amis chez moi : je trouve notre mobilier trop vieillot et mes parents trop vieux. Mais mes amis s'exclament :

— Oh! vous avez un vrai foyer!

— Qu'on est bien dans ce fauteuil de velours!

— On dirait une maison comme dans les contes!

C'est alors que je commence à être fière de moi, de mes parents, de notre allure différente. Je prends un air mystérieux et je déclare en caressant la nappe de mon arrière-grand-mère :

— Vous savez, il y a même un fantôme qui habite ici...

Henriette Major

Photo: Josée Lambert

Quand j'avais votre âge, on ne fêtait pas l'Halloween dans mon quartier de Montréal. On fêtait cependant la Toussaint, une fête religieuse fixée au 1er novembre.

Quand j'ai eu à mon tour des enfants, la fête anglo-saxonne, célébrée la veille de la Toussaint, était devenue très populaire. J'ai eu beaucoup de plaisir à planifier cet événement, à fabriquer des costumes avec ma fille et mon fils, à découper la citrouille illuminée qu'on plaçait à la fenêtre, à préparer des bols remplis de pommes et de bonbons à distribuer aux étranges visiteurs du soir.

Après bien des années, mes enfants sont devenus grands, mais je continue de croire en la magie de l'Halloween.

Philippe Germain

Avant même de savoir écrire, Philippe dessinait sur des feuilles... mais aussi sur les murs de sa chambre. Le petit coquin! Et il a continué à dessiner et ses illustrations sont maintenant publiées dans de nombreux manuels scolaires et romans pour la jeunesse.

Son style est jeune, gai, frais et reconnaissable au premier coup d'oeil.

Achevé d'imprimer à Longueuil,
sur les presses de
Marie-Josée et Nathalie Veilleux,
VEILLEUX IMPRESSION À DEMANDE INC.,
en juin 1999,
2e tirage